D1754351

Russische Klassiker für Kinder

Verlagshaus
MESCHERYAKOV

KA
C A N A D A
NEWFOUNDLAND
BRITISH ISLES
HOLLAND
FRANCE
UNITED STATES
PORTUGAL
SPAIN
ATLANTIC
ALGERIA
FRENCH
SAHA
MEXICO
CUBA
HAITI
Porto Rico
HINTERLAND
SPANISH-
British Guiana
Dutch Guiana
French Guiana
GUINEA
FRENCH CONGO
AMERICAN BRAZIL
OCEAN
REPUBLICS
ARGENTINE REP

DIE JUNGENS

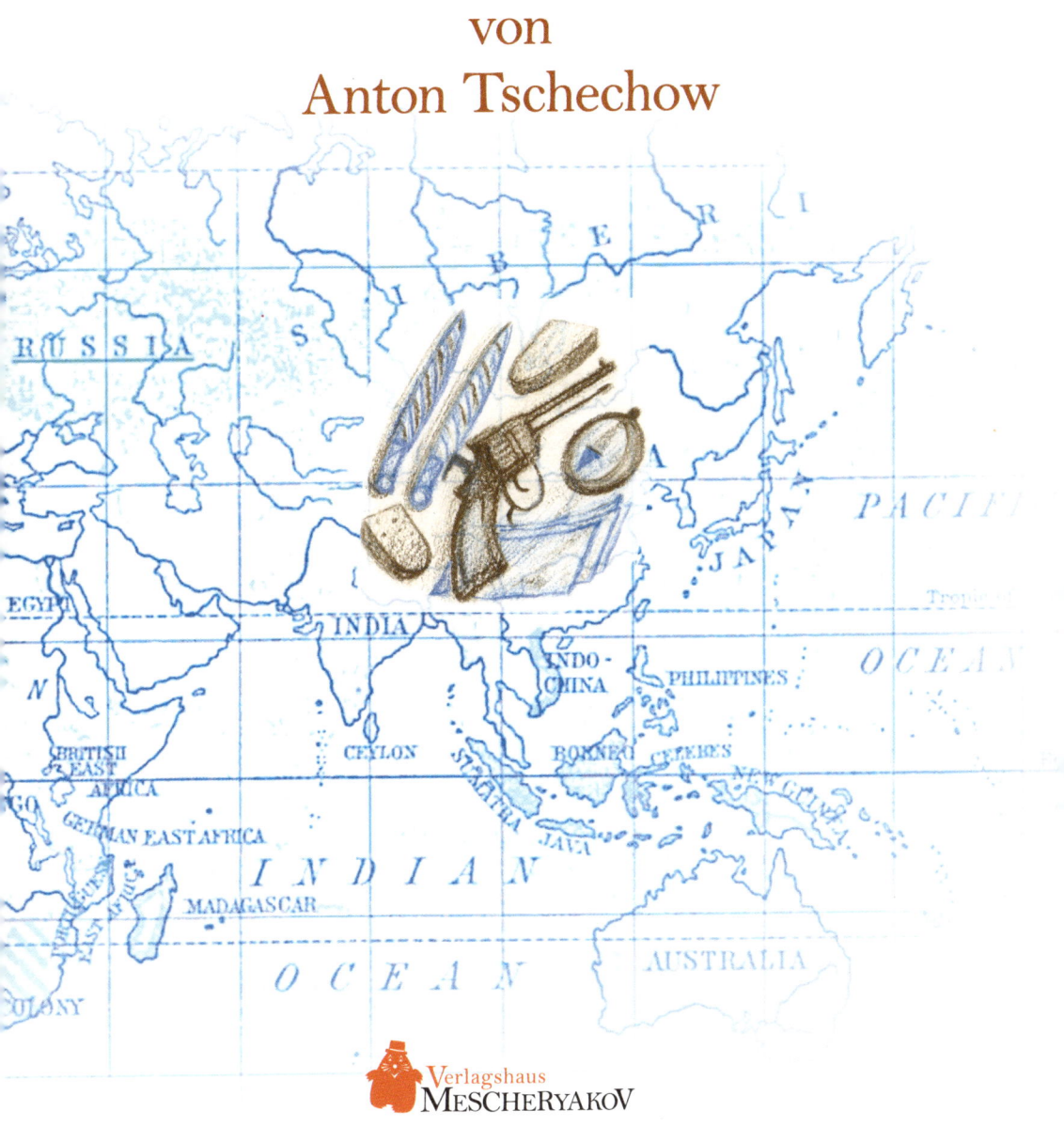

von
Anton Tschechow

Verlagshaus Mescheryakov

Wien

2010

Anton Tschechow
Die Jungens

Aus dem Russischen von Alexander Eliasberg
Titel der russischen Originalausgabe: „Мальчики"
Illustrationen von Natalia Salienko
Layout von Alexandra Lukinova

Verlagshaus Mescheryakov ist ein Imprint
der IDMI Verlag GmbH, Wien
www.idmi-verlag.com

ISBN 978-3-902755-06-3

© IDMI Verlag GmbH, 2010
Alle Rechte vorbehalten
Printed in Slovakia

Anton Tschechow

Anton Tschechow war Arzt und einer der bedeutendsten russischen Schriftsteller und Dramatiker.

Er wurde 1860 in Taganrog, Russland als drittes Kind eines kleinen Kaufmanns geboren. Nach seinem Abschluss an der medizinischen Fakultät an der Moskauer Universität begann er seine Tätigkeit als praktischer Arzt.

Tschechow verkörpert in der russischen Literatur eine neue, detailreiche und literarisch präzise Strömung. In seinen Schriften analysiert Tschechow die moderne Gesellschaft. Der Beruf des Arztes, den Tschechow hauptsächlich ehrenamtlich ausübte, ermöglichte ihm den Zugang zu allen Schichten der Gesellschaft und schulte seinen Blick für detailreiche und lebendige Beschreibungen, die Eingang fanden ein sein umfangreiches Werk. Obwohl der Autor vorwiegend für Erwachsene schrieb, leitete er eine neue Ära in der Kinderliteratur ein, mit zahlreichen Erzählungen, die das Leben der Kinder Ende des 19. Jahrhunderts sehr lebendig nachzeichnen. In ihnen beschreibt er die Wünsche, den Alltag und die Schicksale der Kinder in bestechend zeitloser Weise. Die Erzählung „Die Jungens" wurde erstmals 1887 in der „Petersburger Zeitung" veröffentlicht. Es folgten seine wichtigsten Hauptwerke, ehe sich sein Gesundheitszustand zusehends verschlechterte. 1901 heiratete er noch die Schauspielerin Olga Knipper, die er bei Proben zu seinem Stück „Die Möwe" in Moskau kennenlernte.

1904 starb Tschechow, nach langem Ringen mit seiner Krankheit, während eines Kuraufenthalts in Deutschland an Tuberkulose.

»Wolodja ist gekommen!« rief jemand auf dem Hof. »Woloditschka ist gekommen!« schrie Natalja, ins Esszimmer hereinlaufend.

Die ganze Familie Koroljow, die ihren Wolodja von Stunde zu Stunde erwartete, stürzte zu den Fenstern. Vor der Haustür hielt ein breiter Schlitten, und vom weißen Dreigespann stieg dichter Nebel auf. Der Schlitten war leer, weil Wolodja schon im Flur stand und mit seinen roten, erfrorenen Fingern die Kapuze aufband. Sein Gymnasiastenmantel, die Mütze, die Galoschen und die Haare auf seinen Schläfen waren mit Reif bedeckt, und er selbst duftete vom Kopf bis zu den Füßen so appetitlich nach Kälte, dass man, wenn man ihn ansah, den Wunsch hatte, einmal durchzufrieren und »brr!« zu rufen. Die Mutter und die Tante fielen über ihn her und fingen an, ihn zu küssen. Natalja kniete vor ihm nieder und zog ihm die Filzstiefel von den Füßen, die Schwestern kreischten, die Tü-

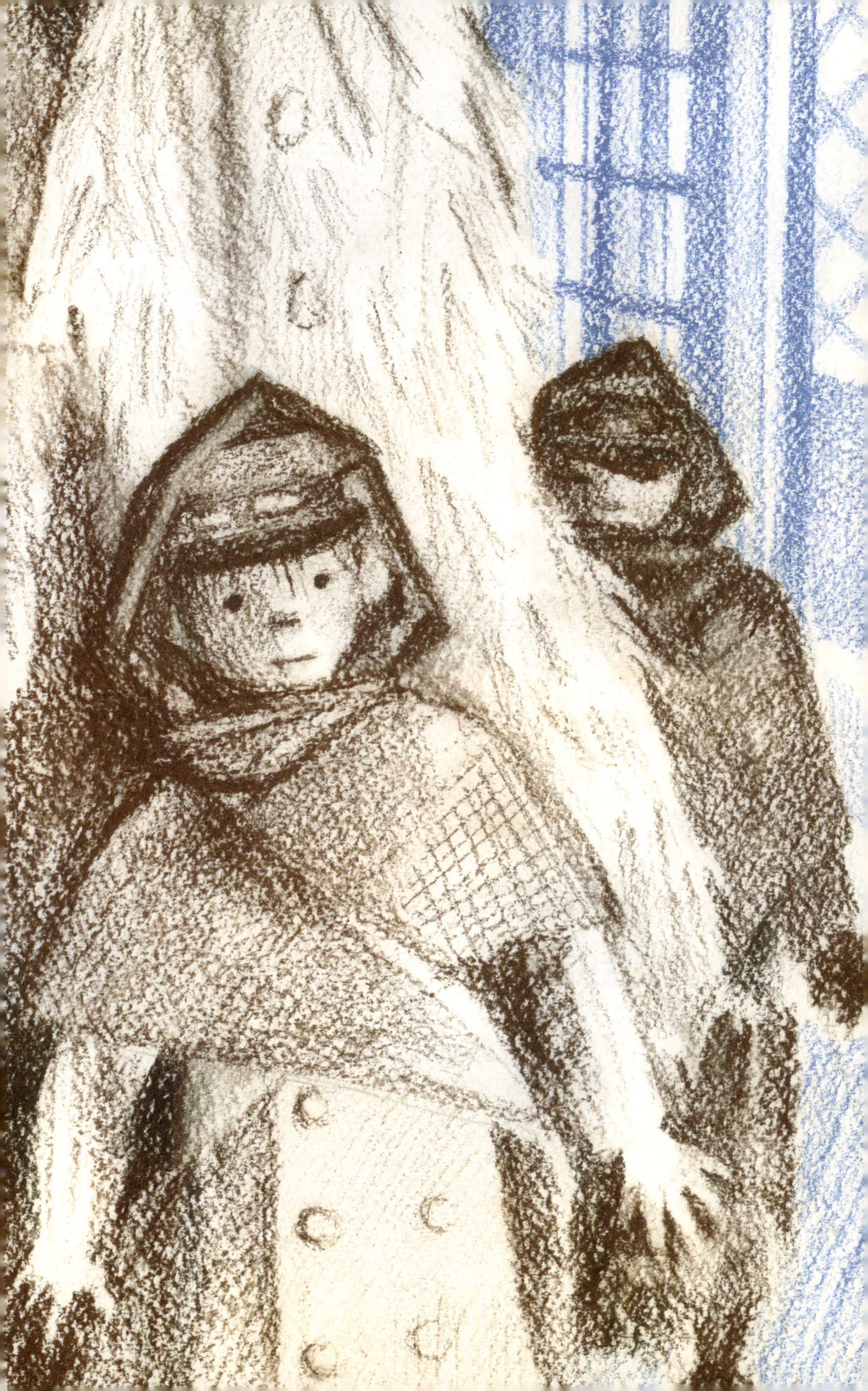

ren knarrten und klopften, und Wolodjas Vater lief in Hemdsärmeln, eine Schere in der Hand, in den Flur und rief erschrocken:

»Wir hatten dich aber schon gestern erwartet! Bist du gut angekommen? Wohlbehalten? Du lieber Gott, lasst ihn doch den Vater begrüßen! Oder bin ich nicht sein Vater?«

»Wau! Wau!« brüllte im Bass Mylord, ein riesengroßer schwarzer Hund, mit dem Schwanz an die Wände und Möbel klopfend.

Alles vermischte sich zu einem einzigen freudigen Laut, der an die zwei Minuten anhielt. Als der erste Freudenausbruch vorbei war, merkten die Koroljows, dass sich im Flur außer Wolodja noch ein anderer in Tücher, Schals und Kapuzen eingewickelter, mit Reif bedeckter kleiner Mann befand. Er stand unbeweglich in einer Ecke, im Schatten, den ein großer Fuchspelz warf.

»Woloditschka, wer ist denn das?« fragte die Mutter im Flüsterton.

»Ach!« erinnerte sich plöt-zlich Wolodja. »Ich habe die Ehre vorzustellen, es ist mein Freund Tschetschewizyn, Schüler der zweiten Klasse ... Ich habe ihn als Gast mitgebracht.«

»Sehr angenehm, ich heiße Sie willkommen!« sagte der Vater erfreut. »Entschuldigen Sie, ich bin nicht angezogen, ohne Rock. Treten Sie doch näher! Natalja, hilf dem Herrn Tschetschewizyn aus dem Mantel! Mein Gott, jagt doch diesen Hund hinaus! Es ist eine Strafe Gottes!«

Eine Weile später saßen Wolodja und sein Freund Tschetschewizyn, durch den stürmischen Empfang betäubt und noch immer rosig vor Kälte, am Tisch und tranken Tee. Die Wintersonne schien durch den Schnee und die Eisblumen an den Fenstern herein, zitterte auf dem Samowar und badete ihre reinen Strahlen im Spülnapf. Im Zimmer war es warm, und die Jungen fühlten, wie in ihren durchfrorenen Körpern, ohne einander nachzugeben, sich kitzelnd die Wärme und die Kälte regten.

»Nun, bald haben wir Weihnachten!« sagte in singendem Tonfall der Vater, sich aus dunkelgelbem Tabak eine Zigarette drehend. »Und ist es lange her, dass wir Sommer hatten und die Mutter beim Abschied von dir weinte? Und jetzt bist du wieder da ... Schnell vergeht die Zeit, mein Bester. Eh› du dich versiehst, ist schon das Alter da. Herr Tschibissow, greifen Sie doch bitte zu, seien Sie ganz ungeniert! Bei uns geht es einfach zu.«

Die drei Schwestern Wolodjas, Katja, Sonja und Mascha, — die älteste von ihnen war erst elf — saßen am Tisch und blickten unverwandt den neuen Bekannten an. Tschetschewizyn war ebenso alt und groß wie Wolodja, doch weniger voll und weiß; er war sehr schmächtig und hatte ein dunkles, sommersprossenbedecktes Gesicht. Seine Haare waren struppig, die Augen eng geschlitzt, die Lippen dick; er war überhaupt nicht schön, und wenn er nicht die Gymnasiastenuniform anhätte, könnte man ihn für den Sohn einer Köchin halten. Er blickte finster drein, schwieg die ganze Zeit und lächelte kein einziges Mal. Die Mädchen sagten sich gleich auf den ersten Blick, dass er ein sehr kluger und gelehrter Mann sein müsse. Er dachte die ganze Zeit über etwas nach und war so in seine Gedanken vertieft, dass er, wenn man an ihn irgendeine Frage richtete, zusammenfuhr, den Kopf schüttelte und um Wiederholung der Frage ersuchte.

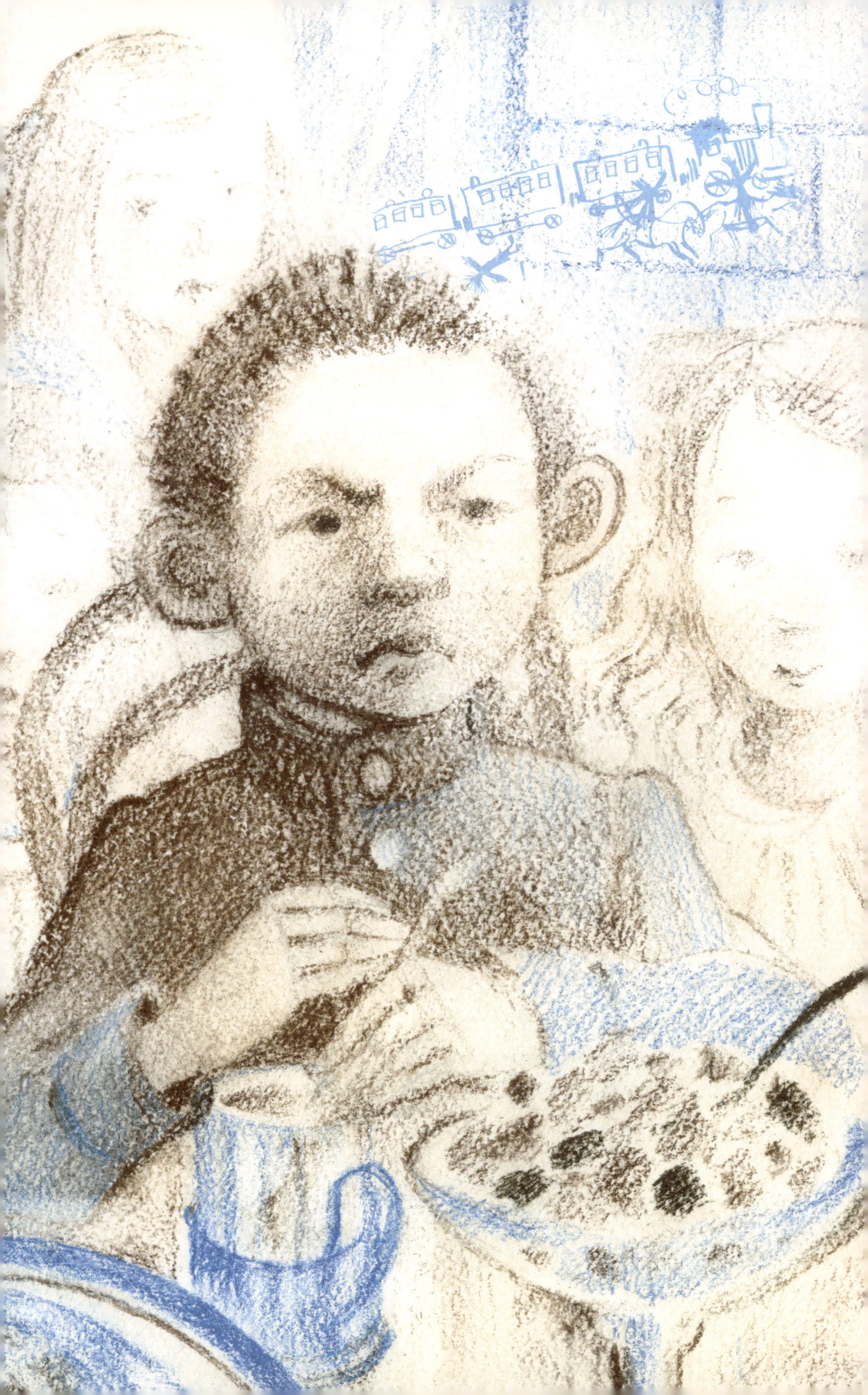

Die Mädchen merkten, dass auch Wolodja, der sonst immer so lustig und gesprächig gewesen war, diesmal sehr wenig sprach, gar nicht lächelte und gar nicht froh darüber zu sein schien, dass er nach Hause zurückgekehrt war. Während des Teetrinkens wandte er sich an die Schwestern nur ein einziges Mal, und zwar mit sehr seltsamen Worten. Er zeigte mit dem Finger auf den Samowar und sagte:

»In Kalifornien trinkt man aber statt Tee — Gin.«

Auch er schien mit irgendwelchen Gedanken beschäftigt, und nach den Blicken, die er zuweilen mit seinem Freund Tschetschewizyn wechselte, zu schließen, hatten beide Jungen die gleichen Gedanken.

Nach dem Tee gingen alle ins Kinderzimmer. Der Vater und die Mädchen setzten sich an den Tisch und machten sich wieder an die Arbeit, die durch die Ankunft der Jungen unterbrochen worden war. Sie fertigten aus Buntpapier Blumen und Fransen für den Weihnachtsbaum an. Die Arbeit war interessant, und es ging dabei recht laut zu. Die Mädchen begrüßten jede neu angefertigte Blume mit begeisterten Schreien, selbst mit Rufen des Entsetzens, als wäre die Blume vom Himmel gefallen; auch der Herr Papa geriet oft in Begeisterung und warf mitunter seine Schere zu

Boden aus Ärger, dass sie stumpf sei. Die Mama stürzte ab und zu mit besorgtem Gesicht ins Kinderzimmer und fragte:

»Wer hat meine Schere genommen? Iwan Nikolajitsch, hast du wieder meine Schere genommen?«

»Du lieber Gott, selbst die Schere gönnt man einem nicht!« antwortete Iwan Nikolajitsch mit weinerlicheStimme. Er warf sich in die Stuhllehne zurück

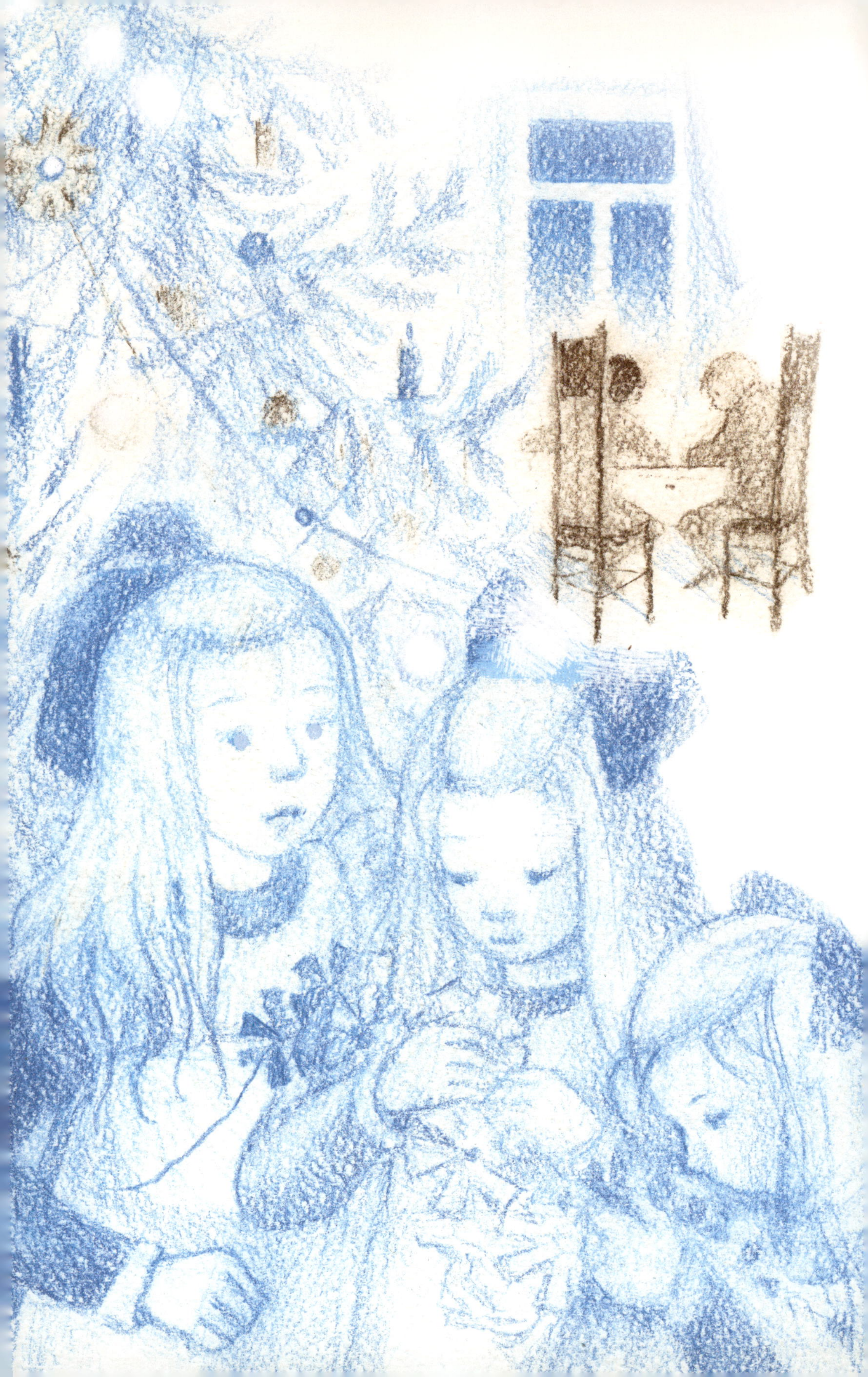

und nahm die Pose eines schwer gekränkten Menschen an; aber nach einer Minute war er schon wieder in heller Begeisterung.

Bei seinen früheren Besuchen pflegte sich Wolodja an allen diesen Vorbereitungen zu beteiligen oder in den Hof zu laufen, um zuzusehen, wie der Kutscher und der Hirt den Schneeberg zum Rodeln machten; jetzt aber schenkte er, ebenso wie Tschetschewizyn dem Buntpapier nicht die geringste Beachtung; sie gingen sogar kein einziges Mal in den Pferdestall, sondern setzten sich gleich ans Fenster und begannen zu tuscheln. Dann schlugen sie einen Geografieatlas auf und vertieften sich in die Betrachtung einer Karte.

»Zuerst nach Perm ...« sagte leise Tschetschewizyn: »Von dort nach Tjumen ... dann nach Tomsk ... dann ... dann ... nach Kamtschatka ... Von dort bringen uns die Samojeden mit Booten über die Beringstraße ... Und dann sind wir gleich in Amerika. Dort gibt es viele Pelztiere.«

»Und Kalifornien?« fragte Wolodja.

»Kalifornien ist weiter unten ... Wenn wir einmal in Amerika sind, so ist's auch nach Kalifornien nicht mehr weit. Und den Unterhalt erwerben wir uns durch Jagd und Raub.«

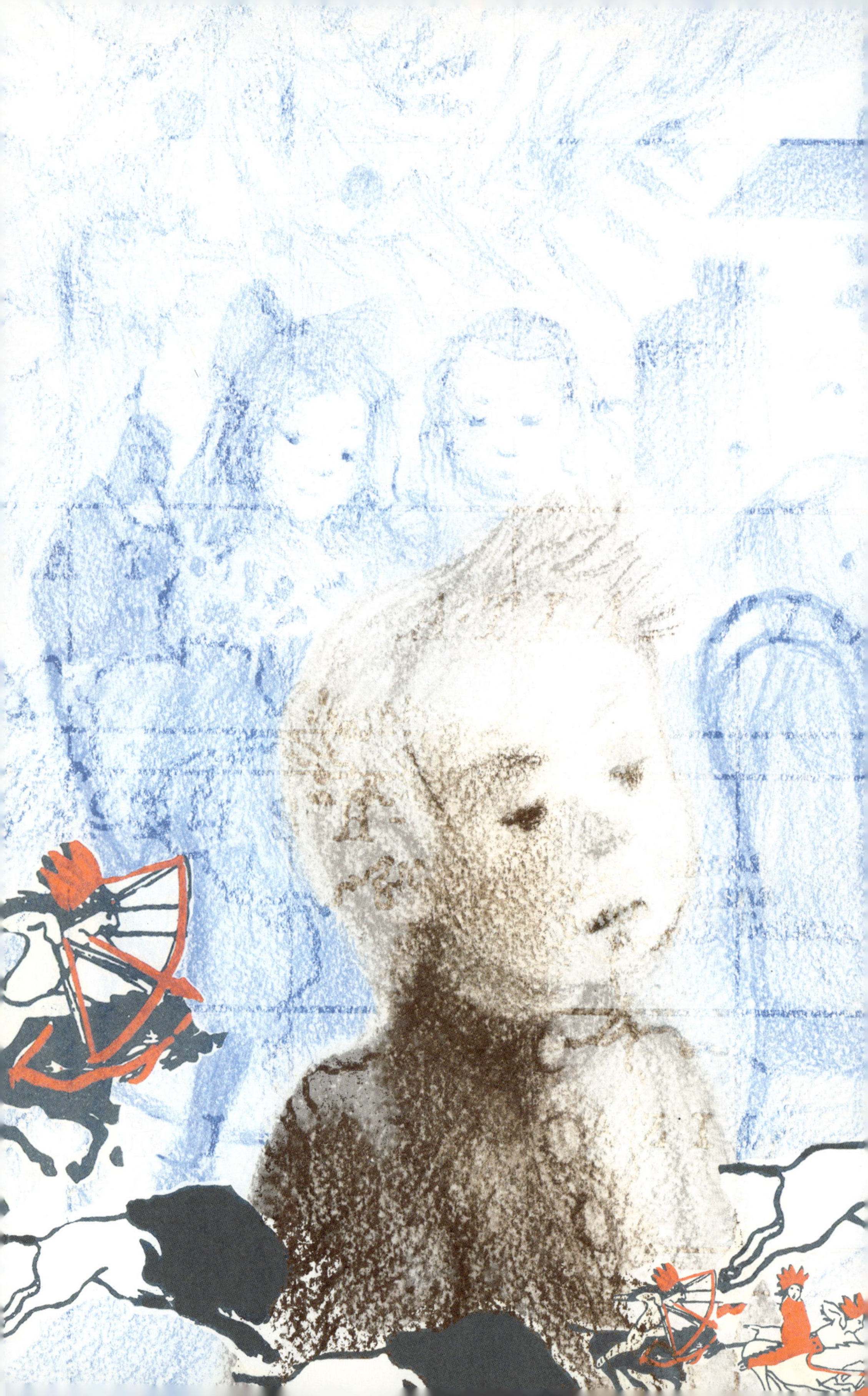

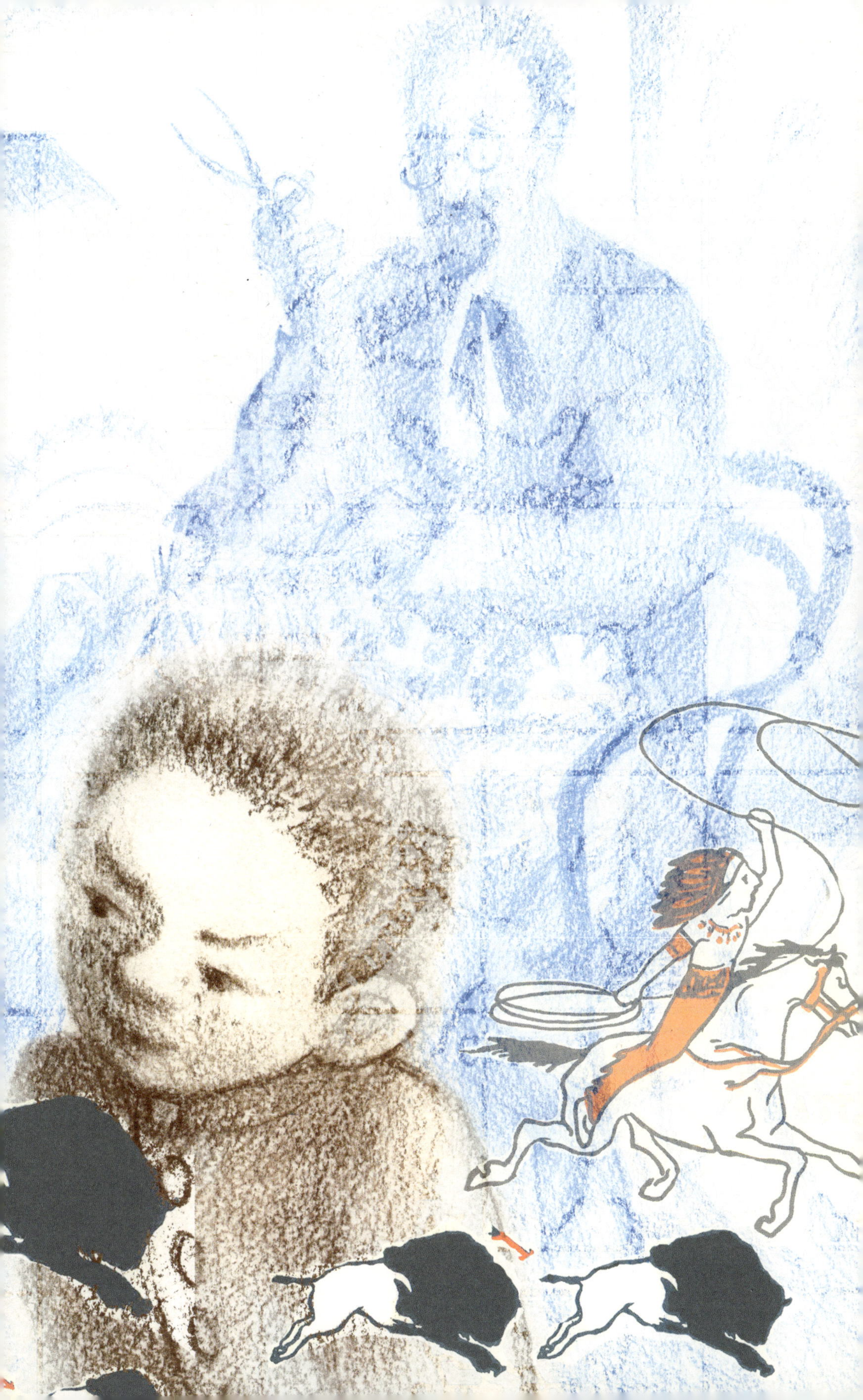

Tschetschewizyn ging den Mädchen den ganzen Tag aus dem Weg und blickte sie unfreundlich an. Nach dem Abendtee blieb er aber zufällig an die fünf Minuten mit ihnen allein. Da er sich schämte, noch länger zu schweigen, hüstelte er streng, rieb sich mit der rechten Hand den linken Arm, blickte Katja finster an und fragte:

»Haben Sie den Main-Reed gelesen?«

»Nein ... Hören Sie, können Sie Schlittschuh laufen?«

Tschetschewizyn war aber schon wieder in seine Gedanken vertieft und gab keine Antwort. Er blähte nur die Backen auf und gab einen solchen Laut von sich, als ob er es sehr heiß hätte. Er blickte Katja noch einmal an und sagte:

»Wenn die Büffelherde durch die Pampas rennt, so zittert die Erde, und die erschrockenen Mustangs schlagen aus und wiehern.«

Tschetschewizyn lächelte wehmütig und fügte hinzu:

»Und die Indianer überfallen die Züge. Am schlimmsten sind aber die Moskitos und die Termiten.«

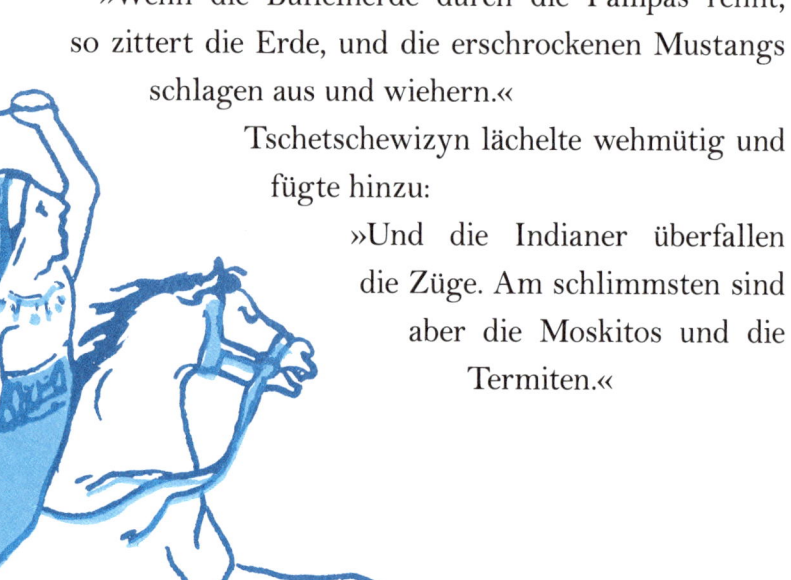

»Was ist denn das?«

»Eine Art Ameisen, doch mit Flügeln. Die beißen furchtbar. Wissen Sie, wer ich bin?«

»Herr Tschetschewizyn.«

»Nein. Montigomo, die Habichtkralle, der Häuptling der Unbesiegbaren.«

Mascha, die Jüngste, sah ihn erst an, blickte dann auf das Fenster, hinter dem es schon dunkelte, und sagte nachdenklich:

»Und wir haben gestern Linsen* gehabt.«

Die absolut unverständlichen Worte Tschetschewizyns, und dass er immer mit Wolodja tuschelte, und

* Tschetschewiza heißt russisch Linsen

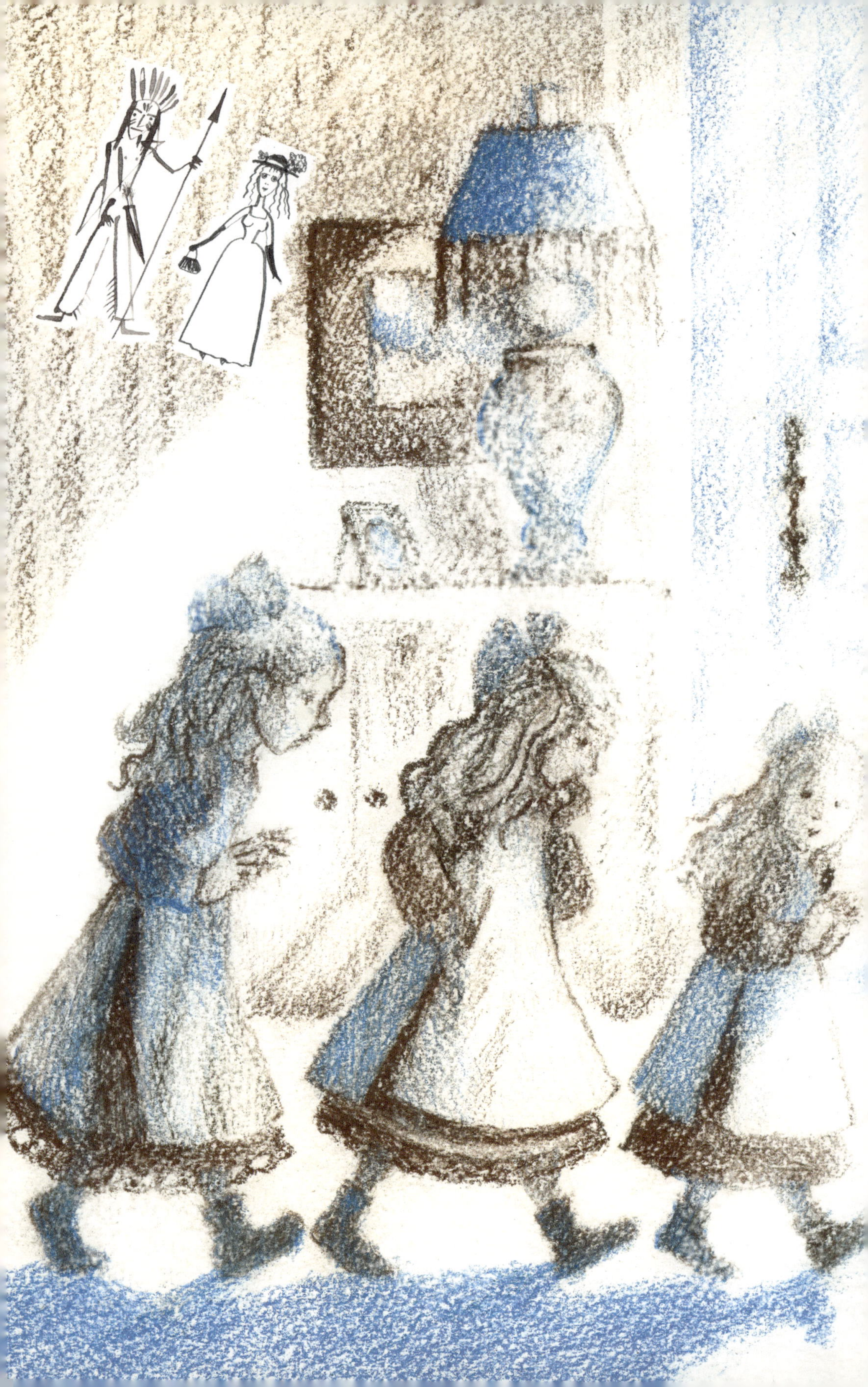

dass Wolodja nicht mehr spielte, sondern über etwas nachdachte, — all das war rätselhaft und seltsam. Die beiden älteren Mädchen, Katja und Sonja fingen nun an, die Jungens aufmerksam zu beobachten. Wenn die Jungens abends zu Bett gingen, schlichen die beiden Mädchen zur Tür und horchten. Ach, was sie da hören mussten! Die Jungens wollten irgendwohin nach Amerika, um Gold zu graben und hatten schon alles für die Reise fertig: eine Pistole, zwei Messer, Zwieback, ein Vergrößerungsglas, um Feuer zu machen, einen Kompass und vier Rubel bar. Sie erfuhren, dass die Jungens einige tausend Werst zu Fuß zu gehen hatten; unterwegs mussten sie mit Tigern und mit Wilden kämpfen, dann Gold graben, Elfenbein erbeuten, Feinde töten, Seeräuber sein, Gin trinken und schließlich schöne Frauen heiraten und Pflanzungen bearbeiten. Wolodja und Tschetschewizyn unterbrachen einander immer vor lauter Begeisterung. Tschetschewizyn nannte sich dabei »Montigomo, die Habichtsklaue« und seinen Freund Wolodja — »Bruder Blassgesicht«.

»Pass auf, erzähl' nichts der Mama,« sagte Katja zu Sonja vor dem Zubettgehen. »Wolodja bringt uns aus Amerika Gold und Elfenbein mit; wenn du es aber der Mama sagst, lässt man ihn nicht gehen.«

Einen Tag vor dem Christabend studierte Tschetschewizyn den ganzen Tag die Karte von Asien und schrieb sich etwas auf; Wolodja aber ging matt und mit aufgeschwollenem Gesicht, wie von einer Biene gestochen, von Zimmer zu Zimmer, blickte finster drein und wollte nichts essen. Einmal blieb er im Kinderzimmer vor dem Heiligenbilde stehen, bekreuzigte sich und sagte:

»Herr, vergib mir die Sünde! Herr, beschütze meine arme, unglückliche Mama!«

Gegen Abend fing er zu weinen an. Vor dem Schlafengehen umarmte er den Vater, die Mutter und die Schwestern ungewöhnlich lange. Katja und Sonja wussten gut, warum er so war, aber die Jüngste, Mascha, verstand gar nichts, absolut nichts; nur als sie den Tschetschewizyn ansah, wurde sie nachdenklich und sagte aufseufzend:

»An Fasttagen, sagt die Kinderfrau, muss man Erbsen und Linsen essen.«

Am nächsten Morgen standen Katja und Sonja früh auf

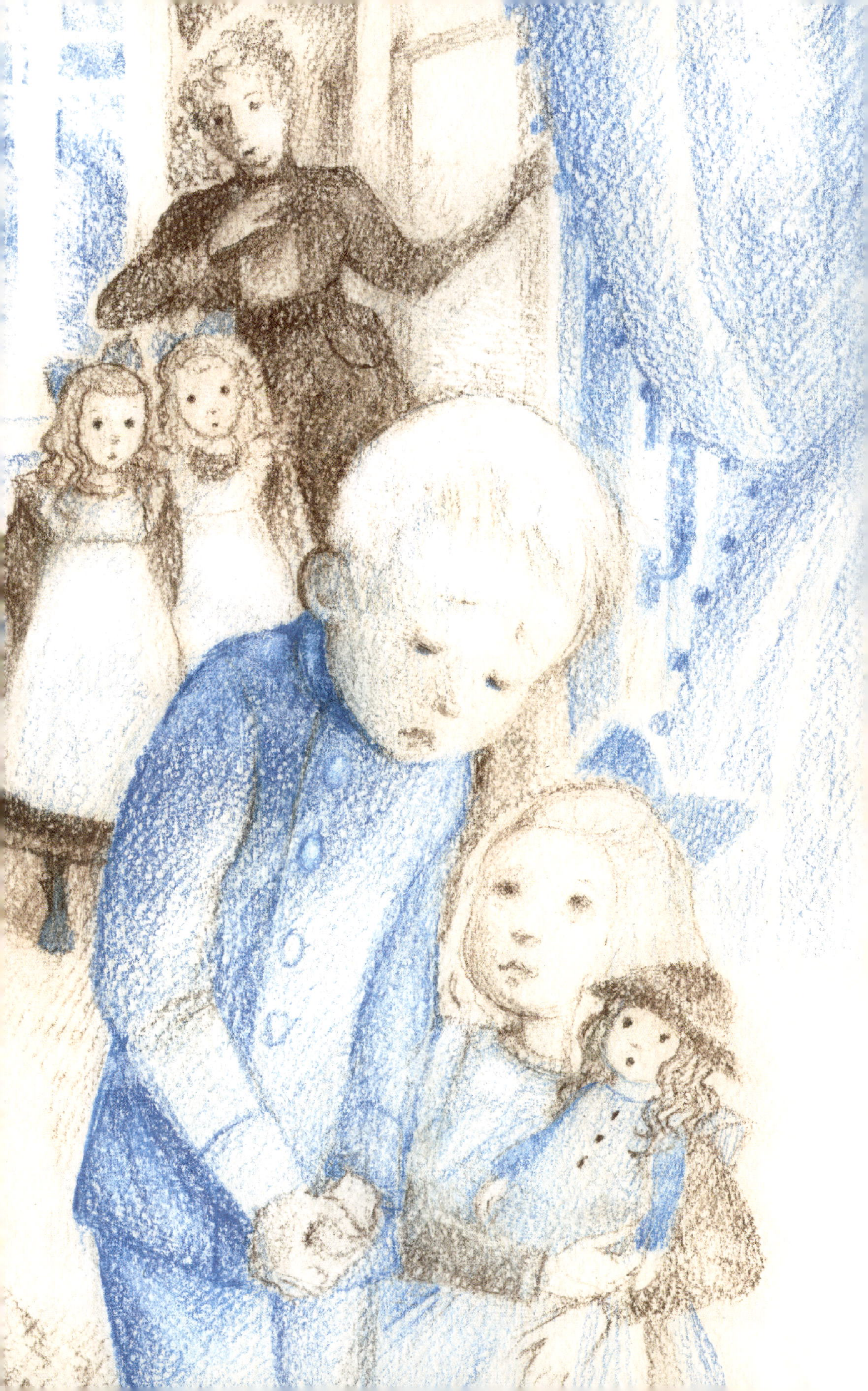

und schlichen leise zur Tür, um zu sehen, wie die Jungens nach Amerika durchbrennen.

»Du fährst also nicht mit?« fragte Tschetschewizyn böse: »Sag: du fährst nicht mit?«

»Mein Gott!« wimmerte Wolodja leise. »Wie soll ich fahren? Die Mama tut mir leid.«

»Bruder Blassgesicht, ich bitte dich, komm mit! Du hast doch selbst beteuert, dass du hingehst, hast mich überredet, und jetzt, wo man aufbrechen muss, hast du plötzlich Angst bekommen.«

»Ich ... ich hab' keine Angst ... mir tut nur die Mama leid.«

»Sag: kommst du mit oder nicht?«

»Ja, ich komm schon mit ... aber nicht gleich. Ich will noch ein wenig zu Hause bleiben.«

»In diesem Falle fahre ich allein!« sagte Tschetschewizyn entschieden. »Werde auch ohne dich auskommen. Und du wolltest noch Tiger jagen und kämpfen! Gib mir meine Zündblättchen zurück!«

Wolodja weinte so laut, dass seine Schwestern sich nicht länger beherrschen konnten und gleichfalls in Tränen ausbrachen. Dann wurde alles still.

»Du kommst also nicht mit?« fragte Tschetschewizyn wieder.

»Ich ... ich komme mit.«

»Dann zieh dich an!«

Um Wolodja endgültig zu überreden, lobte Tschetschewizyn Amerika, brüllte wie ein Tiger, mimte ein Dampfschiff, fluchte und versprach Wolodja das ganze Elfenbein und alle Tiger- und Löwenfelle.

Dieser schmächtige Junge mit dem dunklen Gesicht, mit den struppigen Haaren und Sommersprossen erschien den Mädchen als ein ungewöhnlicher, hervorragender Mensch. Er war ein Held, ein entschlossener, furchtloser Mann und verstand so zu brüllen, dass man, hinter der Tür stehend, wirklich glauben konnte, es sei ein Löwe oder ein Tiger.

Als die Mädchen wieder in ihrem Zimmer waren und sich ankleideten, sagte Katja mit Tränen in den Augen:

»Ach, ich habe solche Angst!«

Bis zwei Uhr, als man sich zu Tisch setzte, war alles ruhig, doch da zeigte es sich, dass die Jungens verschwunden waren. Man schickte ins Dienstbotenzimmer, nach dem Pferdestall, zum Gutsverwalter – sie waren nirgends zu finden. Man schickte aufs Dorf — auch dort waren sie nicht. Auch den Tee trank man ohne sie, und als man sich zum Abendessen setzte, war die Mama sehr unruhig und weinte. Nachts suchte man wieder im Dorf und ging mit Laternen zum Fluss. Mein Gott, das war eine Unruhe!

Am andern Tag kam der Polizeiwachtmeister gefahren, und im Esszimmer wurde irgendein Papier aufgesetzt. Die Mama weinte.

Da hielt aber schon vor der Haustür ein breiter Schlitten, und vom weißen Dreigespann stieg dichter Nebel auf.

»Wolodja ist gekommen!« rief jemand auf dem Hof.

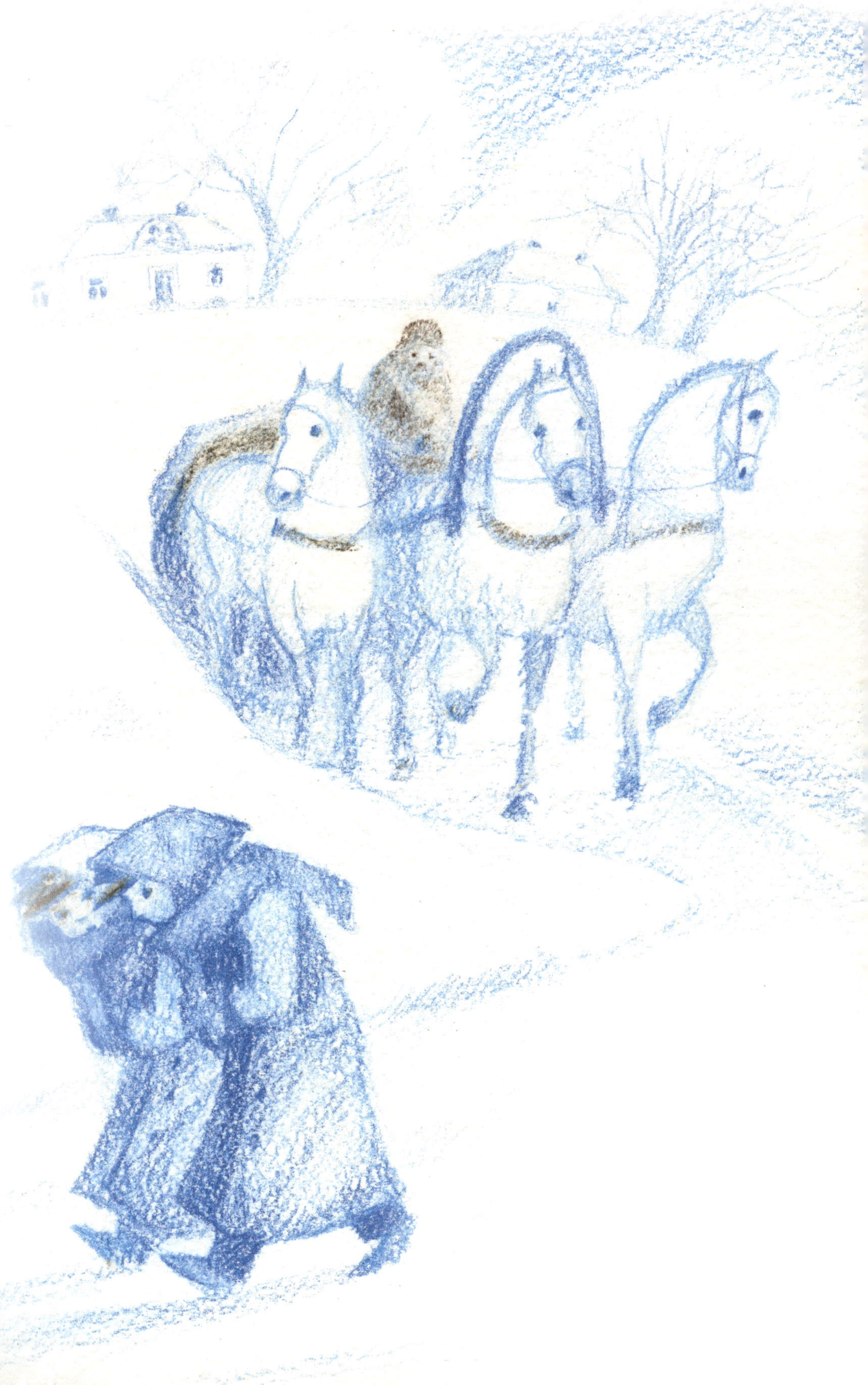

»Woloditschka ist gekommen!« schrie Natalja, ins Esszimmer stürzend.

Auch Mylord brüllte »Wau! wau!« Es stellte sich heraus, dass man die Jungens in der Stadt, im Kaufhause angehalten hatte (sie gingen von Laden zu Laden und fragten überall, wo man Schießpulver kaufen könne). Als Wolodja in den Flur trat, fiel er der Mutter um den Hals und brach in Tränen aus. Die Mädchen zitterten und dachten mit Schrecken, was jetzt wohl kommen würde. Sie hörten, wie der Papa sich mit Wolodja und Tschetschewizyn auf sein Zimmer zurückzog und mit ihnen lange sprach; auch die Mama redete und weinte.

»Darf man denn das?« ermahnte der Papa. »Wenn man es, Gott behüte, im Gymnasium erfährt, relegiert man euch beide. Sie sollten sich schämen, Herr Tschetschewizyn! Es ist nicht schön! Sie sind der Rädelsführer, und ich hoffe, dass Ihre Eltern Sie bestrafen werden. Darf man denn das? Wo habt ihr übernachtet?«

»Auf dem Bahnhof!« erwiderte Tschetschewizyn stolz.

Wolodja musste liegen und bekam Essigkompressen um den Kopf. Man telegrafierte irgendwohin, und am nächsten Tag erschien eine Dame, die Mutter Tschetschewizyns, und holte ihren Sohn ab.

Tschetschewizyn zeigte vor der Abreise eine strenge, hochmütige Miene und sagte beim Abschied zu den Mädchen kein Wort; er ließ sich nur von Katja ihr Heft geben und schrieb ihr zum Andenken hinein:

»Montigomo die Habichtskralle.«

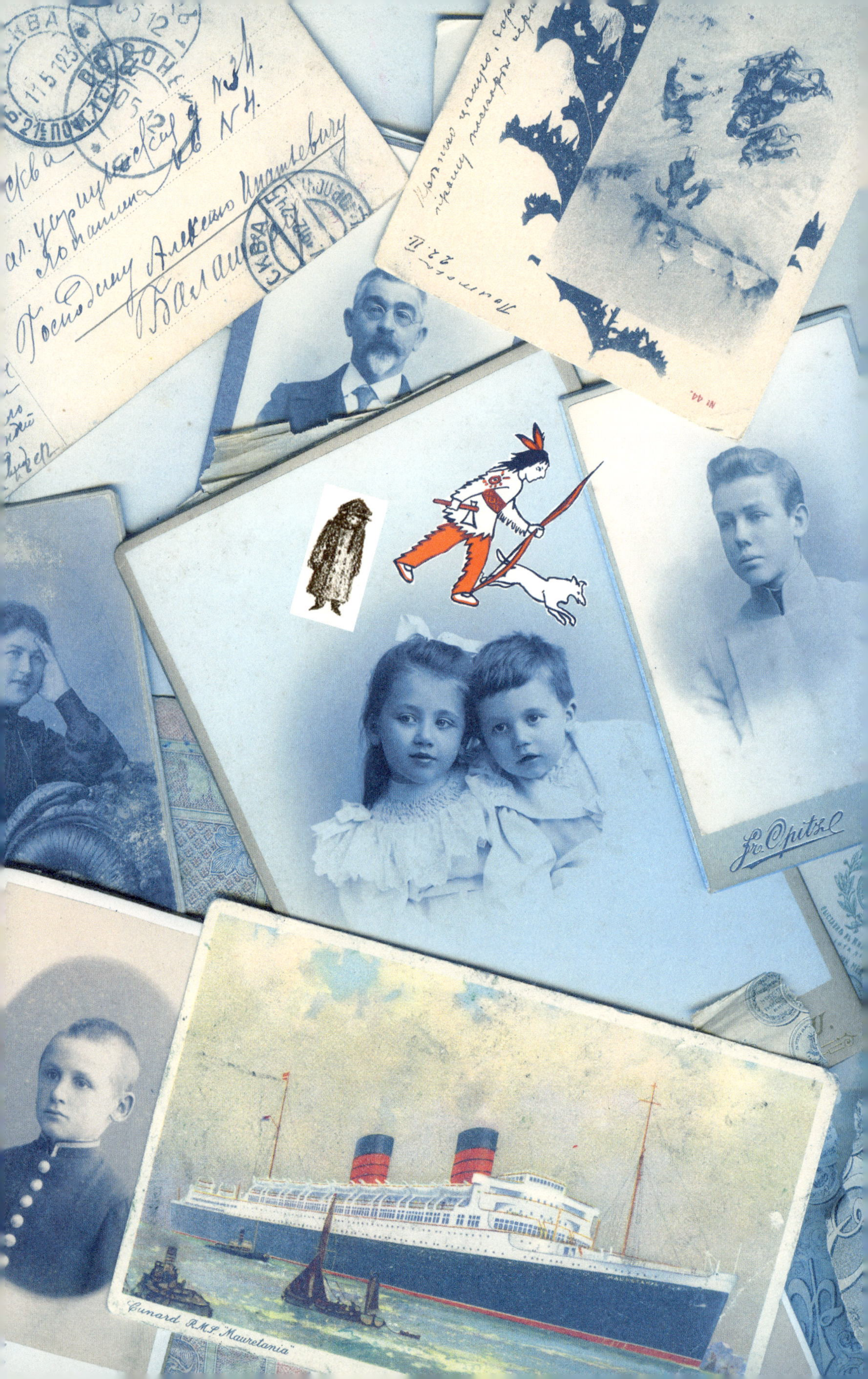
Cunard R.M.S. "Mauretania"

PACIFIC OCEAN
UNITED STATES
MEXICO
SPANISH AMERICAN REPUBLICS
HAITI
Porto Rico
British Guiana
Dutch Guiana
BRAZIL
ARGENTINE REP.
English
German
Dutch
Russian

Verlagshaus
MESCHERYAKOV